Bárbara Benitez

Winny Tapajós

O JARDIM DE NINO

Saíra
EDITORIAL

Copyright do texto © 2021 Bárbara Benitez
Copyright das ilustrações © 2021 Winny Tapajós

Direção e curadoria	Fábia Alvim
Gestão comercial	Rochelle Mateika
Gestão editorial	Felipe Augusto Neves Silva
Diagramação	Raoni Machado
Revisão	Vivianne Ono

Dados Internacionais de Catalogação na Publicação (CIP) de acordo com ISBD

B467j   Benitez, Bárbara

O Jardim de Nino / Bárbara Benitez ; ilustrado por Winny Tapajós. - São Paulo, SP : Saíra Editorial, 2021.
32 p. : il. ; 24,5cm x 16cm.

ISBN: 978-65-86236-39-2

1. Literatura infantil. I. Tapajós, Winny. II. Título.

CDD 028.5
CDU 82-93

2021-3832

Elaborado por Vagner Rodolfo da Silva - CRB-8/9410

Índice para catálogo sistemático:
1. Literatura infantil 028.5
2. Literatura infantil 82-93

Todos os direitos reservados à

Saíra Editorial
Rua Doutor Samuel Porto, 396
Vila da Saúde – 04054-010 – São Paulo, SP
Telefones: (11) 5594 0601 | (11) 9 5967 2453
www.sairaeditorial.com.br | *editorial@sairaeditorial.com.br*
Instagram: @sairaeditorial

Dedico este livro à minha esposa Mariana, ao nosso filho Caetano e a todos os seus amigos.

Nino está brincando no balanço, fecha os olhos e sente no rosto o vento que vai e vem com seu corpo.

5

Sobe

e desce.

Quando sobe, o vento tem cheiro de jasmim.
Quando desce, toca com as pontas dos dedos as flores de um ipê-amarelo.

7

NHEEEC

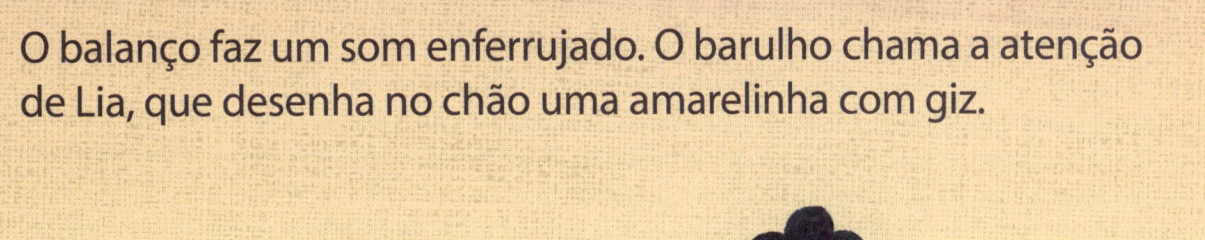

O balanço faz um som enferrujado. O barulho chama a atenção de Lia, que desenha no chão uma amarelinha com giz.

Lia já tinha visto Nino e tinha vontade de chamá-lo para brincar.
Dessa vez, se aproximou e perguntou se poderiam balançar juntos.

11

Nino sorriu e disse:

— Claro! Olhe: eu já consigo balançar sozinho. Não faz muito tempo, minhas mães precisavam me balançar. É o meu brinquedo preferido. Parece que estou dançando com o vento.

13

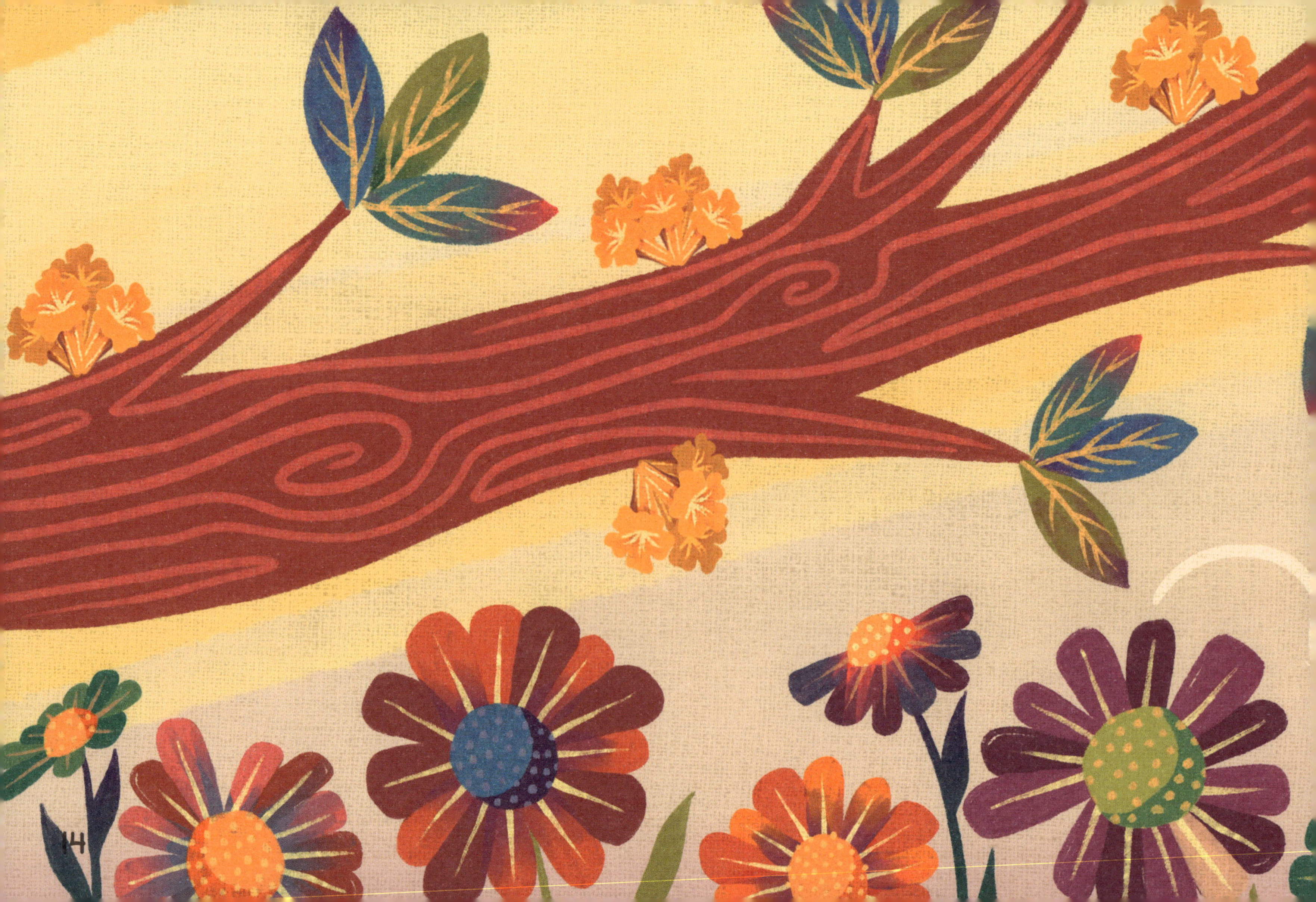

— Mães? Você tem mais de uma?

— Sim, eu tenho duas mães.

Lia fica um tempo muda enquanto recolhe flores do chão.
Em seguida, pergunta com curiosidade:
— E seu pai?

17

Nino se lembrou da conversa que tinha tido com suas duas mães há poucos dias ali mesmo, na praça onde estavam.

Nina então chamou Lia para perto de um jardim e explicou:

— Este jardim tem margaridas, e aquele tem flores de diversas cores. Aquele vaso grande tem lavandas, e o pequeno tem minirrosas e algumas folhas verdes. Assim é também com as famílias.

Lia ficou com os olhos bem abertos e os dedos entrelaçados em frente ao corpo ouvindo Nino falar.

— Existe família com dois pais e um filho. Família de uma mãe e dois filhos. Ou família de pai e mãe, avó e avô. Ou também de um pai ou uma mãe somente.

— O meu jardim, antes de eu nascer, era feito de dois botões de mães, prestes a florescer.

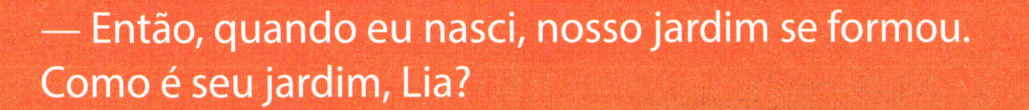

— Então, quando eu nasci, nosso jardim se formou. Como é seu jardim, Lia?

Lia então usa o giz em sua mão para desenhar o seu jardim em um vaso redondo cheio de terra seca e sem flores.

— Pronto! Este vaso agora tem uma família.

25

E Nino e Lia vão brincar de amarelinha,
felizes, como caprichosos jardineiros.

27

Agora que você conhece o jardim de Nino,
que tal desenhar o jardim de sua família?

Sobre a autora

Nasci em São Paulo, em 1984, e sou médica veterinária e escritora. Quando era criança, brincava de cuidar dos animais e contava histórias para eles. Sempre gostei de escrever em diários, cadernos e guardanapos. Hoje moro com a minha esposa, meu filho e dois cães. Ainda guardo a coleção de poesias e contos que escrevi na infância. A minha família foi inspiração para escrever este livro.

Sobre a ilustradora

Sou Winny Tapajós, nascida na cidade de Belém, no estado do Pará. Vim viver no Tocantins bem novinha. Sou apaixonada por arte e desenho desde pequena, mas, apenas em 2020, busquei trabalhar com minhas ilustrações e nunca mais parei. Atualmente, ilustro e crio estampas com muito amor e cor.

Esta obra foi composta em Myriad Pro e
impressa pela Color System em offset sobre
papel offset 150 g/m² para a Saíra Editorial
em novembro de 2021